CHRISTOPHE BATAILLE

NOËL À VERSAILLES

BERNARD GRASSET
PARIS

Couverture : © Veronika Tumova

ISBN 978-2-246-83154-9

Aux enfants

« Voici une étrenne privilégiée pour un
amateur de rien,
digne d'être offerte par un mathématicien
qui n'a rien
et ne reçoit rien,
puisque les flocons tombent du ciel et
sont pareils aux étoiles. »

Johann Kepler

Cette année-là il a neigé, neigé comme jamais sur mon enfance. C'était il y a longtemps. On dit toujours ça, non, qu'autrefois les hivers étaient rudes ? C'est d'avoir lu tant de contes.

Vivre à Versailles est magique, même si les gens se font une fausse idée de la ville avec son palais, ses grilles dorées dans la nuit, ses avenues qui sentent la terre et l'eau.

Si chacun consignait les jours où il a vu la neige tomber, est-ce qu'elle tomberait de nouveau ? Est-ce que l'enfance gagnerait sur nous ?

Avec ma sœur, nous partagions la grande chambre au deuxième étage, rue du

Maréchal-Foch. Ce premier lundi avant Noël, à six heures, j'ai bondi hors du lit et je suis allé la secouer.

— Allez, Anne, s'il te plaît !

Je nous vois encore en chemise de nuit et en pyjama. Deux jeunes fantômes, mains sur la vitre glacée. Elle qui avait treize ans a ouvert les volets : jusqu'à la fin, j'entendrai le bois qui s'enroule, grince doucement et disparaît.

À nos pieds, le square avec ses marronniers, sa piste de vélo circulaire en ciment et au centre, cette statue blanche qui nous sourit. Le sculpteur en habits Grand Siècle, déhanché, un marteau de pierre à la main. Sur son établi : une tête inachevée.

Anne a retenu un cri.

— Regarde, Christophe, il a neigé...

Elle a pris ma main et l'a gardée dans la sienne. Nous sommes restés collés à la vitre, ivres de surprise, riant de retenir notre respiration.

Il était si tôt, nous étions frissonnants devant ce paysage. Ça voletait de tous côtés, couvrant les toits de la ville et des voitures, les branches du square, les antennes de fer et les mansardes. Dans la rue, personne. Seules nos mains tendues. Je ne connais pas d'image plus gracieuse.

— Christophe ? Tu rêves ?

J'ai senti sa main sur ma joue. J'ai fixé ses yeux noirs. Nous étions émus. Sans dire un mot mais avec la même envie, et la même loi : la neige fait de nous des enfants.

Puis il y a eu un grondement. Une lumière jaune a balayé le sol. Ce n'était pas un char roulant vers Paris, par la forêt puis la route des Gardes, mais un camion orange à chenilles fouettant les trottoirs et le bitume.

— Une saleuse, a murmuré ma sœur. Ah non... Pas si tôt... Et nous, alors... Et la neige...

Le monstre roulait au milieu de la chaussée qu'il noircissait. Catastrophe ! Il a contourné le square par la droite, et pris vers chez nos grands-parents. Après ce serait Clagny, Villeneuve-l'Étang et les bois de Fausses-Reposes, et il ne resterait rien du frêle manteau.

Ma gorge brûlait, comme s'éloignait le vacarme. Puis Anne a souri, car la neige tombait encore, tourbillon qui effaçait les traces rectilignes piquées par le sel.

De la main gauche, j'ai frotté la vitre.

— Ça tient ! Ça tient !

Et nous avons ri follement.

Quand mon père est entré vers sept heures, il nous a trouvés endormis l'un contre l'autre. Il nous a photographiés : sur cette image un peu vieillie, à bords clairs et tain passé, je nous observe en bottes, bras étendus, pantalons de velours et bonnets, deux jeunes philosophes à l'aube.

Puis il nous a conduits à la fenêtre. La rue était sale et grise, rivière du matin sans barque ni lumière.

Nous nous sommes déshabillés sans nous regarder. La neige est l'enfance d'un rêve.

Noël approchait, Noël ne cesse d'approcher, et comme le voulait la tradition, nous avons remonté tous ensemble le boulevard de la Reine. La neige filait entre nos doigts et nos lèvres, avant de tapisser la ville. La rigueur un peu triste des allées disparaissait dans ce pli soyeux. La neige efface les traits et nous protège, sans doute.

Anne courait devant, dans son manteau marine ; elle riait, volant à son tour ; et moi, un gosse, pantalon de velours brun, pull tricoté sous ma capuche ; cette image un peu niaise m'effraie. Nos parents suivaient avec des gestes tendres. Je me souviens que ma mère portait sa chapka précieusement achetée à Moscou.

Anne a pris la rue du cinéma, haute et sombre, qui flottait à cette heure dans la couleur des affiches. Nous nous sommes arrêtés devant un chat immense : venu de l'espace, il nous fixait étrangement. J'ai frôlé les vitrines où étaient épinglées les images du film – un policier les yeux écarquillés, une soucoupe spatiale prête à atterrir, le félin au collier de diamants : ce monde rêveur et statique, peut-on encore l'imaginer ?

Il nous restait à traverser le passage de la Geôle, où étaient exposés des gravures et des bijoux. À la deuxième enseigne, mon père a soulevé un plat en argent, frotté le poinçon de l'index, « Incroyable, un premier coq ! », et une longue discussion s'est ensuivie. Je n'aimais pas ce dédale parmi les tentures, qui conduisait à une cellule de la Révolution semi-enterrée. Anne se moquait de moi en me tirant par la capuche, Christophe, on approche…

Et enfin, enfin la rue de la Paroisse aux vitrines pleines de jouets. Plus bas, le marchand de bibles et de chapelets. Mes parents nous laissaient bondir sous les guirlandes en diadème : d'un train à la maison de poupée, de la tour de guet à un coffre mystérieux, c'était Noël.

Je me souviens avoir aperçu ici le lapin jaune qui serait mon cadeau. Ma première image de vivant, comme ce papier peint flottant et géométrique qui me brûlait les yeux, la nuit avant le langage.

Sur la photo aux couleurs passées, l'été qui suit, au fond du Grand Canal, je le serre sous le bras et plie ses pauvres oreilles. Anne, brune et magnifique, me tient par l'épaule. Nous avons l'air innocents et heureux, en chandail à boutons dorés. Et toi, mon lapin, comment ai-je pu te perdre et t'oublier ? Aujourd'hui encore, les larmes me montent aux yeux.

Ma mère nous appelle et nous quittons la rue pavoisée. La place d'Armes se découvre au loin, brumeuse, encombrée de voitures. C'est un autre temps : les lampadaires éclairaient les rues d'un jaune lugubre ; nous marchions les mains vides, et nos esprits voguaient, inattentifs, spirituels, emportés par l'odeur de la forêt qui nous guettait à l'orée du château.

Comme chaque année, nous voulions frôler les grilles. Peut-être qu'un peu d'or allait rester dans nos paumes d'enfants ? Je me souviens avoir serré le fer si fort, mais rien, non, pas de poudre précieuse tombée des fleurs de lys. Les contes aussi sont décevants.

Ma mère rêve un peu plus loin. Il me semble que mon père, immense, se penche et la prend par la taille en riant. Ils jouent, mais non, pas eux, pas les adultes, c'est impossible, et ils murmurent, leurs bouches fument et je ne vois pas leurs baisers. Anne derrière moi soudain me ferme les yeux. Ses gants de laine grattent.

— Arrête…

— Tu veux vraiment les regarder ?

Les grandes vitres du château ont d'étranges reflets, avec des teintes mercure, faute de bougies par centaines.

— Regarde, au premier étage… Le petit roi rêve de ses cadeaux. Il attend le matin, comme nous…

J'imagine sa chambre encombrée de pendules et de globes précieux. S'il lève les yeux, un ciel voluptueux où gambade un faon. Tiens, un tissu par terre, d'où pointe le museau de son lapin.

Il neigeait si fort, cette année-là, que nous avons couru et glissé jusqu'à la statue, au bas de la maison.

La Révolution est terminée. Si les reines et les rois ne reviennent pas, le palais est à nous. Sur la terrasse, devant les jardins, j'hésite. Le soleil frôle la neige sur son cercle bas. C'est comme s'il y avait une porte entre deux nuits. Un rayon d'or ? Ou bien est-ce l'envie poignante de m'échapper ?

— Christophe !

Je me retourne : Anne a son bonnet en laine de Laponie. Elle prend ma main devant les fenêtres blanches et ternes. Nous courons vers Noël. Tout scintille dans une étreinte, le labyrinthe végétal et le marbre. La neige flotte sur les rocailles. Autour de nous, les sculptures sont encapuchonnées : à l'abri sous une toile, Diane et Apollon ont disparu, et bientôt les cordages, les socles, tout est piqué de flocons. Nous saluons Artémis en passant.

Au bas du Tapis vert, ma sœur hurle vers nos parents :

— C'est gelé ! C'est gelé !

Le Grand Canal a disparu. Devant nous, une plaine bosselée, avec ses allées en croix, mais plus de route, plus de parapets. L'horizon hésite. Anne court, je me jette avec elle dans la neige : l'eau doit être là, sous nos pieds, sous nos cris, ce doit être le rebord de ciment que nous connaissons : l'été, chacun vient y guetter les carpes centenaires. Je sais, moi, que le petit roi les a nourries, effrayé par leurs bouches poilues. Au bout du poing, la glace opaque.

— Non ! crie ma mère, ne marchez pas dessus !

— Mais on a envie ! Allez, quelques pas… Et puis grand-mère dit qu'elle a traversé avec son prince, autrefois…

— La glace était très épaisse. Et elle a rêvé cette histoire.

Décembre est loin. J'avais douze ans, ma sœur quinze, je ne crois pas que nous ayons connu un tel froid depuis. Nous avons cherché de longues branches, et dans une lumière presque bleue, nous avons sondé le Canal. Pauvres carpes si laides, étaient-elles mortes étouffées sous la glace ? Ou elles aussi suspendues dans le rêve, à attendre l'éveil ?

Je suis monté sur des stères de bois arrimés. Le château flottait comme un jouet dans la brume.

Anne me rejoint : nous nous retournons vers les champs, qui étaient cultivés à l'époque. Il ne reste qu'une étendue glaciale, encadrée par quatre hauts peupliers et ceinte par l'ancien mur. Adossée là, une femme plie sa cape noire. En collants rouges et kilt, elle se dirige sur la pointe de ses patins vers le milieu du Canal.

Ma mère a mis les mains sur sa bouche.

L'inconnue commence à glisser, à petits pas d'abord, chassant la couche de neige avec ses mouvements. Puis elle prend de la vitesse, gracieuse, tournant, reculant en arabesques. Les bras écartés, la tête droite, elle soulève son genou, sa jambe, son kilt fait une corolle, et tout semble figure, forme, évocation. Elle se rapproche, et je vois son souffle saccadé dans le flou des patins.

Je pense à ma grand-mère bien sûr et à son prince, au danger si désirable, aux carpes qui guettent cette fée en pull noir et aux cheveux blonds. Je me tourne vers mon père, qui porte toujours sa veste de mouton couleur automne. Il a les yeux brillants.

— Allez ! Fini le spectacle ! On y va !

Il a claqué dans ses mains et ne bouge pas. Les lames découpent la glace dans un crissement soyeux. La toile nous a saisis, et son motif maintenant tiède, rouge et or.

Nous retrouvons la route brûlée par le sel. Avant de s'effacer vers le fond du Canal, qui m'a toujours effrayé, simple prairie et vide galiléen, la danseuse nous fait un petit signe. Elle me sourit. Nous lui répondons. Elle recule, ondoyant soleil sur l'horizon, est-ce pour une révérence ? Anne me prend par les épaules et pose son index sur ses lèvres. Il faut laisser les secrets à nos yeux d'enfants.

Quand je traverse la ville aujourd'hui, devenu à mon tour un passant, un visiteur, je cherche les sensations, le Canal gelé, je cherche la solitude, la neige, les tas de feuilles sur le pavé qui sentent les corps et la nuit. Et bien sûr la patineuse aux cheveux blonds qu'il me semblait connaître.

Était-elle seule, ce jour-là ? Ou un jeune prince l'attendait-il, cape à la main, tous deux prêts à courir vers le quartier de Clagny ?

L'enfance nous précède et nous attend, c'est une course avec le temps, puis tout s'inverse.

Cette année-là, encore, la neige est tombée chaque jour ou presque avant Noël. Une nuit, je me suis réveillé en sursaut :

ma sœur était penchée sur moi, sa main de fer plaquée sur ma bouche. Elle a souri.

— Christophe ? Ne dis rien... Il est quatre heures... et ça tient, regarde... ça tient !

La rue du Maréchal-Foch étincelait, tremblante et jaune sous les flocons, nous étions excités et nous nous sommes battus. J'étais presque aussi fort qu'elle, et je ne pensais qu'à ça, la force. Debout sur le lit, avec son bonnet et ses gants, Anne esquivait. Nous avons lutté ainsi, haletants et silencieux : enfin nous nous sommes endormis, trempés de sueur. Au petit matin, c'est une douce main essuyant mon front qui m'a réveillé, Anne pleurait la neige.

Ainsi passent les jours. Il ne neigeait plus mais tout était poudré aux abords de Fausses-Reposes, en haut de l'avenue des États-Unis d'où je m'étais enfui autrefois, parmi les cheminées de brique fumantes.

Le samedi, Anne et moi partions vers les noms merveilleux du quartier. Rue des Missionnaires, rue Sainte-Sophie où j'étais né, rue Fourcault-de-Pavant ou bien vers le bulbe de Jeanne-d'Arc, nous glissions sur les pavés en nous appelant. Plus de vieilles dames pour nous barrer le passage. En nous lançant des boules de neige, cachés entre deux voitures, nous redoutions de toucher, à l'approche du boulevard, une enfant en robe de soie et manteau doré, suivie par ses gens. Crime affreux et impossible. Car les carrosses et les perruques, c'est terminé. Il nous reste les contes, et bien sûr, l'idée de révolution, qui ne cesse de fondre avec le temps, ou bien est-ce l'âge.

Ce même jour, nous avons marché jusqu'à la place Hoche. Mon père nous accompagnait. Il s'est arrêté au pied de la statue, méconnaissable sous la neige. Songeait-il aux Noëls de son enfance, dans ces mêmes rues, avec son père après lui ? Parfois les souvenirs sont sévères, baignés de noirceur : ce général de vingt-cinq ans l'était aussi, dos tourné à l'église, glorieux et cruel, un peu perdu entre les guirlandes.

D'un geste, mon père dégagea la botte du soldat et se tourna vers nous :

— Hoche n'est pas aimé, à Versailles. Mais moi, je prends soin du héros. C'est sa place.

Il neigeait de nouveau et Anne a lancé, infatigable :

— On y va ? Maman nous attend.

Je fixe le général et son sabre planté en terre. On l'a connu plus menaçant. Puis Anne déjà loin, sa nuque, ses cheveux noirs, sa voix grave. Elle a dépassé le magasin de stylos et d'encre, elle court, bondit sur les marches. La voici entre les portes de bois capitonnées, elle a disparu dans la chaleur de l'église.

Tous nos amis sont là, serrés, bientôt transpirants. Les grands santons colorés semblent nous dévisager. Et le prêtre nous fait rire, avec ses gestes solennels. Je m'engourdis peu à peu, rêvant de la chapelle sur le côté, où prie une femme, un cierge à la main ; du cœur de Hoche, enfermé ici derrière sa plaque de marbre noir, telle une relique ; puis du lustre en métal doré, à vingt mètres au-dessus de nous.

Le prêtre entonne de sa voix aiguë : Levons-nous mes bien chers frères ! Acclamons la parole de Dieu !

— Et mes bien chères sœurs ? glisse ma mère acide.

Anne me donne un coup de coude, je me lève, un peu sur le côté. Et nous écoutons l'évangile de Luc. En ces jours-là parut un édit de l'empereur Auguste demandant de recenser toute la terre. Ne craignez pas, car voici que je vous annonce une bonne nouvelle. Et voici le signe. Je flotte dans ces mots dits par l'ange, et maintenant nous chantons, quand une fusée de lumière tombe du ciel. L'ampoule explose sur ma chaise, dans un arc électrique divin, projetant autour de nous du verre et des fils. Il y a des cris.

Ma mère penchée :

— Christophe… Ça va ?

Je ne sais pas, je sens qu'on caresse mes cheveux d'où cascadent encore des éclats. Le prêtre continue impassible. Ma sœur murmure à mon oreille en riant : Tu vois, ta foi t'a sauvé !

Sur le parvis de Notre-Dame, d'où l'on aperçoit Hoche de dos, si l'on cherche, il neige encore. Je tends les mains vers le ciel :

autre miracle, les flocons hésitent dans le vent et s'élèvent vers la chapelle du château. Mon père sourit :

— Newton s'est trompé pour la neige, il faut des exceptions dans la nature.

À la maison, ma mère en col roulé gris prépare le Noël de son enfance, qui était celui de sa mère déjà, et de sa grand-mère aussi, dans les citadelles de l'Est. Sur la nappe brodée : la couronne de buis, deux bougies dans leur calice, quatre assiettes précieuses. Et les cuillères en argent. Très vite ma mère apporte la brioche et le chocolat chaud. Nous parlons du passé, nous rions de tout et de rien, nous rêvons en murmurant « Il est né le divin enfant ». Dehors, il ne cesse de neiger, et comme il est écrit, je me souviens avoir été un peu triste, gorgé de sucre amer.

Soudain Anne se redresse :

— On a oublié Jésus !

Dérobant le sauveur à son linceul de feutrine, elle le place avec délicatesse dans l'étable. J'ai le droit d'allumer la petite ampoule qui dore l'âne et le bœuf, et aussi ce pauvre Joseph, toujours l'air de rien. On se serre pour la prière, et Noël est passé, motif clair et doux impossible à saisir, c'était demain, hier, aujourd'hui.

Une fois seulement, nous avons quitté Versailles à Noël. Nous avons embarqué dans l'ancienne voiture diplomatique aux sièges de cuir. Anne fixait la route et moi je somnolais, frottant la vitre avec mon gant : c'était la traversée du Morvan sur deux voies grises. Je scrutais la plaine enneigée, ce royaume flottant, percé de clochers. Y avait-il encore des loups, aux abords des parcelles et des bois ? Ce vide, était-ce notre seule frontière ? Enfin, après Dole et Ornans, le village de mon enfance nous attendait, dans son lacis de calcaire.

Le matin, je suis monté avec Anne jusqu'à la statue de la Vierge. De là-haut, la Loue scintillait entre les rochers, comme une coulée de glace, mais c'était encore de l'eau, noire et mousseuse, qui ne cessait de gronder.

Anne observait avec moi : le rocher du Moine et sa croix menaçante, en face ; la forêt sans chemins ; et l'arc de l'ancien pont, adouci par le temps, qui avait emporté en s'effondrant une femme autrefois. Le jour, les cascades semblaient romantiques. La nuit, c'était une étreinte, une angoisse.

J'allume une bougie dans la minuscule chapelle de fer. Quel âge avons-nous ? Douze, quinze ans ? Ma sœur se tourne vers moi et nous prions. Puis nous chantons. Les mains ouvertes devant toi, Seigneur, pour t'offrir le monde. Nous sommes émus, peut-être un peu ridicules.

Dès l'après-midi, nous avons gagné le plateau à la frontière suisse. L'horizon était dans le ciel dur et venteux. Nous sommes partis fièrement, Anne et moi, avec nos guêtres de cuir, une gourde de thé chaud et du chocolat. Nos parents nous faisaient de grands signes, serrés l'un contre l'autre devant un corps de ferme.

Nulle perspective ici. À notre droite, une pente de sapins noirs. Partout, des pas d'animaux. Et les traces de nos skis vite recouvertes par la neige qui se lève maintenant en bourrasque. Pourquoi étions-nous tous les deux ce jour-là, je ne sais pas.

Soudain quelque chose a cassé, comme une branche ; ou bien était-ce un loup ?

— On est partis il y a combien de temps des Fourgs ? Une heure ?

J'ai fait oui sans un mot.

— Parle Christophe ! Parle fort... On va montrer qu'on est là... Qu'il ne doit pas approcher.

Nous avons cherché de tous côtés. La plaine était blanche éperdument. Comment étions-nous arrivés ici ? Sans doute en suivant la boucle de dix-sept kilomètres. Anne tapait ses deux bâtons :

— Après la ferme noire, c'est la Suisse. Si on continue, on va croiser la route. Allez, allez !

Nous avons skié sans relâche, une heure encore, puis deux, trempés de sueur. La neige nous frappait et frappait aussi le paysage, que nous ne connaissions plus. Les pans de glace bleue dressée. La rotative dans une scierie à l'arrêt. Une croix de bois clair. Je pensais comme Anne au passage de la frontière. La sauvagerie gagnait ces lieux connus : notre dernière conquête. Je n'osais plus toucher mon visage.

Et soudain, la route grise.

Le soir, contre le poêle de la cuisine, notre grand-mère nous a raconté avoir marché sur la glace à Versailles. Au péril de sa vie, elle avait franchi le Grand Canal à pied. Un jeune homme lui tenait la main, courageux, tâtant du pied l'épaisseur blanche : N'aie pas peur, n'aie pas peur, je te tiens… Au loin, comme un mur de légende, avec ses pointes et ses ardoises, le château en a vu d'autres.

Nous n'avons jamais su ce que notre grand-mère regrettait. La traversée interdite ; ce prince sorti droit du même rêve, avec ses mèches blondes. Ou ses jolies bottes de mouton sous sa robe de laine longue. À un instant de la vie, les gens âgés ne voient plus que leur enfance et se répètent. Dans ce paysage, ils vont se coucher.

Je ne sais plus grand-chose des Noëls qui ont suivi. Les jouets se mêlent comme les années, les prières se perdent dans les fous rires, et les corps gagnent, épais, hésitants, cherchant la profondeur.

Du Versailles de mon enfance, la neige a tout emporté, l'attente, la jolie patineuse, le regard du peintre Nattier. L'enfance se dit en quatre pages, tendre et opaque, avec une seule idée : qu'elle soit impossible à saisir, comme le flocon de Kepler à la géométrie changeante. Cela s'appelle un conte.

À quinze ans, j'ai marché la nuit sur les grandes avenues. J'ai longé l'ancien couvent devenu lycée, frôlé la pierre dure des maisons, fredonné pour me donner du courage. C'était autrefois la plaine aux Crapauds, traversée par un des ruisseaux de Galie. Tout sentait les étangs, la terre noire, l'eau des forêts pavée de pierre et de taille : jusqu'aux grilles du château. Là, j'ai pensé au sourire de mes parents, autrefois, à la neige et à l'or qui fondait dans nos paumes.

L'année qui a suivi, j'ai senti des doigts parfumés sur mon visage. C'était Anne. J'ai vu son excitation, mais aussi sa robe de soirée verte et son joli collier : elle était prête. Comme elle je me suis habillé, veste à boutons dorés, cravate noir et jaune, pantalon de flanelle. Sans un mot j'ai enfilé mon bonnet et mes gants. Et nous étions dehors : Versailles sous la neige, le 24 décembre ! Nous avons couru en chantant. Tout semblait léger, interdit, et la neige pesait sur ma poitrine.

Nous avons retrouvé le boulevard du Roi, triste avec ses pauvres guirlandes qui volaient. Pas un passant, pas un vélo à l'approche des Grands Réservoirs. Anne a hurlé : Mais c'est Noël ! Noël ! Il n'y a eu aucun écho. Je me souviens de nos rires gênés. Où sont-ils tous ?

Nous avons marché encore, Anne s'est approchée et d'une voix que je ne lui connaissais pas, elle a articulé son programme :

— À Noël… On entre dans le parc ! À nous le centre ! À nous le soleil !

Le mur était effondré sur un mètre, près du boulevard de la Reine, une brèche ancienne – qui pourrait le croire aujourd'hui ? Nous le savions tous, et nulle caméra pour nous observer. Nous savions aussi que des chiens étaient lâchés la nuit pour effrayer les rôdeurs et les amoureux.

Anne s'est faufilée en serrant son manteau, je l'ai suivie. Derrière les barbelés, les moutons nous observaient sagement. Le grand hôtel n'avait pas encore ses vérandas trempées de lumière. C'était une façade fanée, aux fleurs de métal et de plâtre, l'abandon, de hautes herbes tout autour, comme dans un film.

Malgré le froid, nous n'avions pas peur. Ce n'était pas Versailles mais l'enfance, tissée d'images, de laine et d'ajoncs. Dans la nuit du parc, le seul horizon était le ciel blanchi par la neige. Marcher dans son rêve, ce n'est pas désobéir.

— Tu crois qu'on va retrouver la patineuse ?

Ma sœur a souri.

— J'espère qu'elle se pose la même question et qu'elle nous attend. Ou bien elle est redevenue une vieille carpe, à minuit…

Il n'y a rien de sérieux à voler dans un palais : des horloges, des guéridons, des buffets. Des fauteuils Empire et bien sûr le pot de chambre de Marie-Antoinette. Les grilles restaient ouvertes alors, tout comme le hameau de la Reine, avec son fossé gaulois.

Nous sommes descendus vers Trianon, un peu loin derrière ses grilles, et flottant entre les colonnes de marbre rose. Combien de fois étais-je venu ici écouter Racine et Corneille ? « Je vous aime, beaucoup moins que mon Dieu… »

Frôlant les murs, sous le grand chêne puis le tulipier de Virginie, nous avons marché en fredonnant vers le temple de l'Amour, le long du ruisseau qui semblait gelé.

Anne m'a fait signe de me taire : un air enfantin passait le temple rond, telle une boîte à musique sur la prairie blanche. Ou bien était-ce une soirée dans la ville, à l'heure des slows ?

Alors nous avons dansé comme sur les parquets de nos samedis, tièdes et frissonnants : Anne souriait, comptant les temps avec moi. Sa robe verte tournait légère, soulevant son manteau entre les bosquets et le marbre. Je ne connais pas de ville où le monde rêve ainsi.

Le parc bruissait de tous côtés. Nous avons pris la route pavée en nous réchauffant les mains. Je te suivais, gracieuse, et tes cheveux noirs trempés de flocons, quand une forme s'est présentée, à la fenêtre d'une ferme. J'ai crié. Toi aussi. C'était une femme pâle, en robe à panier défaite, comme on les voyait en gravure chez mes parents. Un enfant nous montrait du doigt sous le chaume inquiétant.

La chapelle du château a sonné. La femme a couvert d'un plaid ses épaules, puis celles du garçon. Le passé est si froid. Elle a souri en cherchant à ouvrir la fenêtre. Ma sœur a hurlé : Elle vient ! Fonce, Christophe, fonce !

Nous avons couru à travers le parc, qui sentait les moutons et le bois mort. Vers le boulevard Saint-Antoine, je connaissais une belle maison : trempés de sueur, à genoux dans les fourrés, nous avons trouvé le passage. Volets fermés, bougies éteintes : la ville dormait. Anne a frotté sa robe de soie et ouvert ses paumes noircies. Nous nous sommes regardés longuement : il ne neigeait plus.

Le château de Versailles n'est plus le même : je l'ai connu gris, à l'abandon ou presque, il y a longtemps. L'enfance est merveilleusement banale, je le dis sans mélancolie. Mais à Versailles, tout est légende. Le roi chasse et dort dans un pavillon, sous une couverture tachée. Un orme sauvage annonce l'ancien domaine. Apollon se repose à l'entrée des rocailles. On boit du champagne dans une coupe de cristal – c'est le sein parfait de la Pompadour.

Je me souviens du Noël de mes dix-sept ans – le mur de Berlin venait de tomber, j'y étais parti en train, vite, très vite, la neige ensevelissait la Forêt-Noire, puis ce serait au tour des bustes de Lénine et Thälmann.

De retour à Versailles, fin décembre, il neigeait encore. Il n'y avait plus ni pavés, ni avenues, mais une vague épaisse et tendre.

Toi, qui restes sans prénom, je t'ai retrouvée assise sur un banc, avenue de Paris : impossible à cette époque de s'appeler – c'était vraiment autrefois –, tu m'attendais en jupe de velours beige et en blouson US Army, près de l'octroi où tout semble immense et loin. J'avais couru le long des jardins, et je brûlais, malhabile, parlant trop, et vite. Tu as pris ma main doucement, j'ai caressé tes cheveux, nous avons marché. Tes collants noirs dans la neige, le cèdre du parc de la Solitude penché sur nous, les toits du château estompés, tes lèvres épaisses, je n'ai que ces images.

Versailles était à nous : là, sur le seuil, je te fixais, et tu semblais toi aussi attendre, déesse autrefois chassée, désormais combative. Nous avons marché vers la place Hoche puis le boulevard de la Reine, dans l'ombre de Notre-Dame. Là, j'ai frôlé ton cou, le coton de tes jambes et tes flèches invisibles.

Enfin je t'ai accompagnée jusqu'à la gare : Paris t'attendait. Tu as souri : il est bientôt minuit, Christophe. Dans cette contre-allée froide que je croyais connaître, je t'ai embrassée enfin, j'ai ouvert ton blouson, tu as soulevé doucement ton pull noir et moi, hésitant, j'ai caressé ta peau brune dessinée sur la hanche : le soleil plongé dans une eau sans morale.

La neige nous cherche encore, tandis qu'un train freine derrière toi. À demain, Christophe… J'ai senti tes seins contre moi, et tu es partie. Sur le quai, la gorge nouée je t'ai fait un signe, et c'était adieu, adieu au-delà de cette page, adieu l'enfance en son tendre retour.

Combien de fois ai-je traversé Versailles dans la nuit ? Le soir, toujours, l'angoisse venait. Puis elle s'estompait dans le sommeil des autres.

Un samedi tard, je me souviens avoir couru en chemise jusqu'à la rue Gabriel : un lion de marbre surveillait la soirée des jolies jumelles, à laquelle personne ne m'avait invité. Elles avaient un nom terrible, et de la neige sur leur jardin.

Après le portail de fer, la palissade était végétale, j'ai roulé dans les ronces, jusqu'aux pieds d'une jeune fille qui m'a souri. Elle était seule, avait une robe de soie bleue cousue maison, des épaules presque nues, elle voulait s'évader. Ainsi vont les enfants de la bourgeoisie, qui jamais ne disparaissent : ils ont tout mais ils sont bêtes.

Nous avons parlé, ri, puis dansé l'un contre l'autre, sous les flocons. Je n'ai jamais oublié son regard effronté. Est-ce une force ? Est-ce la pureté ? Rêver ne donne rien, et quoi de plus beau que ne pas se connaître ? Je n'ai même pas ton nom à serrer contre moi.

Ainsi passent les nuits dans Versailles, où vivre est magique, dit-on, et se perdre en surface.

Est-ce que l'enfance cesserait, si chacun consignait ses images ?

Ainsi ma grand-mère à seize ans, adossée à une limousine noire. Dans sa main gauche, une paire de gants. Chapeau, bien sûr, et ses grandes bottes dans la neige. Au fond, on devine un château : ce n'est pas Versailles, plutôt une de ces demeures d'Île-de-France. Ma grand-mère nous fait signe, je sens son élan vers nous, ou bien est-ce vers le photographe ? C'est une autre histoire.

Ainsi mon grand-père, plus tard, accoudé à sa terrasse et observant le château, au loin, cet astre enneigé. Il avait été colonel, autrefois dans les villes de l'Est. Et tenu prisonnier dans les camps de Pologne : quatre ans dont il ne parlait pas.

Il savait bâtir les ponts. Je me souviens des plans qu'il me montrait à dix ans, avec des flèches en tous sens. Il riait : Ce ne sont pas des flèches, ce sont des forces. On ne les voit pas, mais elles tiennent le pont. Celui-ci a des boulons gros comme ta tête. Celui-là, je l'ai miné. Avec des charges. Des bombes si tu veux. Autrefois, mais pour la prochaine guerre. Je me demande si les mines sont toujours là, au-dessus de la Loue… Passons…

Et il a eu son sourire enfantin, presque charmeur, pour s'échapper je crois.

J'ai quitté la rue Gabriel sans cavalière et j'ai filé vers le bois de l'Impératrice. J'entends encore ma mobylette pétarader à travers la forêt. Genoux serrés, mains rougies, pieds frottant le bitume blanchi. Plus loin, à gauche, les grandes maisons cachées. Et la pâleur du cimetière qui voulait respirer. Je me souviens avoir fait demi-tour au milieu des arbres. Tout semblait me guetter, bruire, appeler, dans cette odeur de tourbe et enfin, enfin ! les lumières de l'autoroute, à l'approche de Fausses-Reposes.

Cette nuit est loin et me fait penser au conte de Noël d'un écrivain, drôle et fou – il commençait je crois par des chutes de neige dans le désert d'Arizona.

Tant de neige ne peut se comprendre sans le soleil. Ainsi travaille l'imagier.

L'été qui a suivi, je suis tombé à vélo dans le Canal. À force de rouler sur la margelle en rêvant, ça devait arriver. Je suis descendu dans la vase, on aurait dit qu'une vieille terre remontait par mes pieds. J'ai plongé dans l'eau brune et tâtonné. Mon vélo était introuvable. Des promeneurs riaient. Soudain j'ai frôlé un bris de métal que j'ai remonté triomphalement : une lame rouillée. Je n'ai pas retrouvé mon vélo ce matin-là. Le jeune couple qui s'embrassait, piquant d'herbe, déboutonné et clair, m'a souri gentiment. Toute image est un tissu.

J'ai traversé la ville puant, trempé, en songeant à la patineuse qui nous faisait signe dans le soleil froid. Et je salue ma seule déesse, la neige.

Parfois je me demande s'il s'agit bien de l'année 1981. J'avais dix ans, et j'entends encore ma sœur crier Christophe, la neige, regarde, la neige ! Il ne reste pas grand-chose de ces murs, de ces coutumes, de ces mots, à croire que le blanc fameux finit par emporter les paysages.

Et vous, vous qui ne voyez plus beaucoup la neige, et ne verrez jamais le Grand Canal gelé, pensez à l'enfance, pensez aux contes, c'est là que la neige s'est réfugiée.

Avec des mots, citations et recoupements de Pierre de Ronsard, Jean Giraudoux, Mircea Eliade, Louis Althusser, François Furet, Truman Capote, mais aussi de Versailles aux trois visages, le Val de Galie, le Château des Rois, la cité vivante *(Émile et Madeleine Houth, éditions Lefebvre à Versailles).*

Cet ouvrage a été achevé d'imprimer
par Normandie Roto Impression s.a.s à Lonrai
pour le compte des éditions Grasset
en septembre 2022.

Mise en pages
PCA 44400 Rezé

PAPIER À BASE DE FIBRES CERTIFIÉES

Grasset s'engage pour l'environnement en réduisant l'empreinte carbone de ses livres. Celle de cet exemplaire est de :
250 g éq. CO_2
Rendez-vous sur www.grasset-durable.fr

N° d'édition : 22602 – N° d'impression : 2203220
Dépôt légal : octobre 2022
Imprimé en France